Stanisław Przybyszewski

Auf den Wegen der Seele

Stanisław Przybyszewski

Auf den Wegen der Seele

ISBN/EAN: 9783743363168

Hergestellt in Europa, USA, Kanada, Australien, Japan

Cover: Foto ©Andreas Hilbeck / pixelio.de

Manufactured and distributed by brebook publishing software
(www.brebook.com)

Stanisław Przybyszewski

Auf den Wegen der Seele

Stanislaw Przybyszewski

Auf den Wegen der Seele.

Auf den Wegen der Seele.

—✳︎-

Gustav Vigeland.

✳

I.

Zweierlei ist der Weg, das Leben zu erfassen. Der eine, breit ausgetreten, sicher und bequem, der andre unwegsam, über weite Abgründe führend, voll von todesbringenden Fahrnissen ... Heißt es nicht so in alten Märchen?

Der bequeme Weg, das ist der Weg des Gehirnes, der Weg der armen fünf Sinne, die das Leben nur in seinen Zufälligkeiten, seiner trostlosen Alltäglichkeit erfassen.

Der steile abgründige Weg, das ist der Weg der Seele, der sich das Leben als ein schwerer Traum und düstere Ahnung darbietet, das Leben in seinem Inhalt und seinem Wesen.

Verschieden sind die Wege, denn das Gehirn, das ist der Alltag, der Werktag, die Mathematik, die Logik, und die Seele ist ein seltener Festtag, das Regellose, der Blitz, der alle Logik über den Haufen wirft.

Die Seele ist das Organ, das das Unendliche und das Raumlose begreift, das Organ, in dem Himmel und Erde ineinander fließen, das Organ, mit dessen Hülfe eine Katharina Emmerich ein gänzlich unge- bildetes Weib, mit peinlichster, fast archäologischer Genauigkeit die Stätte beschreibt, auf der Christus gelitten hat, und die Qualen des Kreuzigungstodes mit einer physiologischen Fachkenntniß schildert. Das ist das Organ der visionären Ekstase und der somnambulen clairvoyance, das Organ des höchsten Erethismus, in dem ein Rops seine Sataniques und ein Chopin seine B-moll-Sonate geschaffen hat.

Für das Gehirn ist zwei mal zwei vier, für die Seele kann dasselbe eine Million sein, weil sie keine Intervallen, weder im Raume noch in der Zeit kennt. Für das Gehirn existirt der Gegenstand nur im Raum und in der Zeit, für die Seele das gegenstand-, raum- und zeitlose Wesen der Dinge. Und das Undenkbare für das Gehirn vollzieht sich in der Seele: sie ent- kleidet jedes Ding all seiner Zufälligkeiten, all der Formen, unter denen es sich dem Gehirne darbietet. Sie sieht nur das Unvergängliche, das, was von einem Pole zum andern wogt, endlos, uferlos, das, was sich durch alle Zeiten und alle Geschlechter zieht: die matrix aller Erscheinungen.

Das Gehirn, das ist der Materialismus in der Wissenschaft, die Lehre von dem kleinsten Kraftmaße, die Psychophysik, die Psychologie, die eine „chimie de l'âme" zu sein beansprucht, das ist der Socialismus und die zahllosen öconomischen Systeme, die darauf

hinauslaufen, den Menschen durch Collectivismus der
Arbeit glücklich zu machen, das ist die Kunst des gedanken-
und seelenlosen Pöbels: der Naturalismus.

Die Seele, das ist die Angst vor der Tiefe, der
beständig nach innen gekehrte Blick, der seltene Durchbruch von Kräften und Fähigkeiten, mit ganz andern
Sinnesorganen begabt, wie das Gehirn, das nur die
armseligen fünf Sinne zur Verfügung hat. Die Seele
ist der Zustand, in dem das ganze millionenfach zer-
rissene Leben zu einer Einheit wird, die millionenfache
Gliederung zur einfachen Gestalt und Millionen von
Jahrhunderten in einer Sekunde zusammenschmelzen.

Auf diesen zweierlei Wegen gehen die Künstler
der höchsten Lebenswahrheit nach. Aber während sie
dem Einen in den möglichst genau wiedergegebenen
Sinneseindrücken besteht, lauscht der Andre auf heilige
Mysterien, die sich in ihm tief innen vollziehen: wie
sich das draußen Geschehene und draußen Erlebte in
dem abgründigen Wasserspiegel seiner Seele bricht,
sich zu neuen Formen bindet, die noch kein Auge
schaute, neue Geheimnisse offenbart, die noch Keiner
enträthselte.

Nehmen wir zwei Künstler, von denen jeder seinen
Weg mit einer fanatischen Erbitterung verfolgt: Liebermann und Munch.

Liebermann malt Schafe wie sie sind. Er malt
senile Invaliden mit allen Merkmalen der Stupidität,
also wie Invaliden zu sein pflegen. Er malt die
Netzeflickerinnen gerade so, wie leibhaftige Netzeflickerinnen zu Tausenden den Seestrand bewohnen.

Er malt auch Bäume in Sturm, viele holländische
Landschaften, er hat nur keine Blumen gemalt, weil
er ein herber Naturalist ist. Kurz: Liebermann malt
die Natur sans phrase, descriptiv, pedantisch, ohne
sich um den „Sinn" zu kümmern. Er ist eben ein
Naturalist, aufgewachsen in der Zeit des Amerikanismus,
der Ideenlosigkeit, des Mangels an Zeit und vor
Allem der Zeit der Photographie. Er ist kalt, ohne
unnütze Gedanken, begeht nie den Unfug, in Ekstase
zu kommen, und seine Devise, das ist das famose:
Phantasie ist Nothbehelf!

Nun malt Munch Fieber und Vision. Er malt
die Natur, wie sie sich in bestimmten Stimmungen
der Seele darbietet. Seine Bäume sind zu riesenhaften
Gespenstern ausgewachsen. So wachsen in der angst-
gefolterten Phantasie die weißen Birken in dunklen
Nächten zu riesigen, in weiße Laken eingehüllten Ge-
stalten aus. Er malt eine Sterbescene, die er als
Junge gesehen hat, gerade so wie sie in seiner Erinnerung lebt, ohne sich um die „objective", „thatsäch-
liche" Wirklichkeit zu kümmern. Alles, was der in
der Todesatmosphäre erhitzten Knabenseele aufgefallen
ist, kommt in dem Bilde des reifen Mannes zur Darstellung: das apoplektisch rothe Gesicht des Vaters, das
vom Verzweiflungsschmerz stumpf gewordene, von vielen
überwachten Nächten abgezehrte Gesicht der Schwester,
die ganze dumpfe von den Arzneimitteln stickige Atmosphäre, und im Hintergrunde die linkische, von dem
furchtbaren Räthsel des Todes geängstigte Gestalt eines
Knaben, der sich hinauszuschleichen sucht. Er malt

die Natur nicht so, „wie sie ist", also nur die Fiction
der Natur, mechanisch durch das Auge gesehen, sondern
wie sie sich je nach dem jeweiligen Seelenzustand ver=
ändert. Dieselbe Landschaft, die noch vor Kurzem in
brutaler Verzweiflung einen grellen Chaos von Farben
in die Welt hinausschrie, kleidet sich auf einem andern
Bild in ein düster dämmerndes Blau der grübelnden
Sehnsucht.

Er malt also Erinnerungen, Visionen, Moment=
präparate der Seele in einem Zustand, in dem das
Gehirnbewußtsein durch ein anderes, ein fremdes, das
Seelenbewußtsein, abgelöst wird.

Munch und Liebermann sind aber nicht nur die
denkbar diametralsten Pole in der Kunst, sie sind noch
mehr: ihre Werke wirken wie die grellsten Symbole
unserer Culturepoche, Symbole des erbitterten Kampfes,
der unserer Zeit ein so seltsames Gepräge giebt, des
Kampfes zwischen Gehirn und Seele.

Das Mittelalter kannte diesen Kampf nicht. Das
Mittelalter stand unter der Herrschaft der Seele. Ihre
Offenbarungen waren zu offenkundig, als daß auch
nur der geringste Zweifel über das Dasein einer vom
Gehirne völlig verschiedenen Macht hätte entstehen
können. Ueberall sah man das Uebernatürliche und die
Einwirkung des Uebersinnlichen, überall ein chaotisches
Gedränge von wirkenden Kräften, deren vis agens
verborgen war und dem menschlichen Verständniß un=
zugänglich.

Aber die Herrschaft der Seele war schwer und
drückend. Fast immer hatte sie, um zum Durchbruch

zu gelangen, mehr oder weniger das Gehirnbewußtsein
zerstören müssen: die sogenannte Psychose des Einzelnen
theilte sich den Massen mit. Jede Wahrheit, gleichgültig auf welchem Gebiete, offenbarte sich nur in einem
zügellosen Ueberschwang. Das Gehirn deutete diese
Offenbarung falsch, verzerrte und verflachte sie und
brachte ein unsagbares Unheil über die Massen. Die
unendlich tiefen psychologischen Keime, die dem Teufels-
und Hexenwesen zu Grunde liegen, die visionär-intuitive
Erkenntniß des Zusammenhanges der Menschenexistenz
mit dem Weltall, wurde in den Händen des Pöbels
eine furchtbare Macht, die Tausende und Abertausende
dem Scheiterhaufen übergab. Unter der Herrschaft der
Seele wurde Alles zur Qual: das Suchen nach Gott,
die Erkenntniß des Bösen, das qualvolle Ringen mit den
Räthseln der Natur und den verborgenen Daseinsgründen.

Die Menschheit wurde müde der ewigen Pein, sie
suchte nach Befreiung, nach einem bequemen Glück,
nach einer neuen Religion, die die Seligkeit des Jenseits
weiter hinausschöbe und dafür ein Bischen irdisches
Glück in Aussicht stellte.

Die Verheißung der Seele, womit sie überhaupt
ihre Herrschaft einweihte und sie ermöglichte: die an-
fangs so verlockende Verheißung eines Jenseits von
Freuden nach dem qualvollen Diesseits hatte allmählich
ihre Wirkung eingebüßt. Das selbstverständliche
Dogma des Christenthums, das übrigens dem pessi-
mistischen Alterthum entnommen war, nämlich das
Dogma, daß der Mensch zu Schmerzen geboren ist,
begann zu wanken.

— 15 —

Das war der Anfang vom Ende.

Die tieffte Erkenntniß, aber gleichzeitig die ſchickſalsſchwerſte Offenbarung, daß das Leben nur Schmerz und Qual iſt, wurde durch die blendende Lüge des Gehirnes abgelöſt: Hier auf Erden iſt das Glück. Die Menſchheit begann ſich allmählich von der Herrſchaft der Seele und den ſchweren Pflichten, die ſie auferlegte, loszuringen. Schon das Auftreten Martin Luthers bedeutet den Durchbruch des räſonnirenden Gehirnes, den Durchbruch des Rationalismus und des geſunden Schäferverſtandes. Noch war die Seele dieſen Angriffen gewachſen. Sie wiederholen ſich aber im Laufe der Jahrhunderte immer häufiger und immer ſtärker, es folgt das Jahrhundert der oberflächlichen und leichtfertigen Geiſter, der Encyklopädiſten. Mit jauchzendem Vergnügen hört die Maſſe auf die Clownweisheit eines Voltaire. Das junge, flache Gehirn erſtarkt und es bekommt den Pöbel auf ſeine Seite. Es entſtehen ihm neue Kämpfer. Die platte Mittelmäßigkeit erobert ſich immer weitere Gebiete, bis endlich das plötzliche Aufblühen der Naturwiſſenſchaften, die durch das größenwahnſinnigen Gehirn der Materialiſten ausgebeutet werden, den Untergang des Lebens der Seele beſiegelt: Das Gehirn feiert ſeine höchſten Triumphe, und der Haß gegen die Seele wird zur Tobwuth eines Stieres gegen das rothe Tuch.

Die Menge haßte eigentlich immer die Seele.

Im Alterthum fehlte es bekanntlich noch an den aufklärenden, populären, naturwiſſenſchaftlichen Schriftchen, und die Menge verehrte die einzelnen Individuen,

welche des übersinnlichen Seelenlebens theilhaftig
waren, aus Angst vor ihrer Macht, die unter Um-
ständen sehr böse sein konnte, vielleicht auch zum Theil
aus einem geheimen Grauen vor den unbekannten,
räthselhaften Kräften, die sie selbst nicht besaß. Noch
ein Sokrates konnte ernsthaft erzählen, daß seine Weis-
heit ihm von einem Dämon inspirirt werde, ohne von
seinem relativ sehr aufgeklärten Zeitalter verlacht zu
werden.

Der Plebs des Mittelalters ist frecher geworden.
Unter dem Einfluß der christlichen Lehre, die der
Manichäismus wohl am tiefsten erfaßt hatte, der
Lehre von dem androgynen Gotte, dem Gott des
Bösen und des Guten, scheidet er die seelischen Phä-
nomene in eine weiße und eine schwarze Magie: Er
verehrt die Heiligen, weil er von ihnen Vortheile er-
hofft, und straft mit dem Tode die, welche ihm nichts
Greifbares geben können und von denen er in Folge
dessen nur das Böse erwartet: die Zauberer, die Väter
der Wissenschaft und der Philosophie, die in den Tiefen
forschten und von der Natur und ihren Räthseln trotz
ihrer naiven Nomenklatur eine weit tiefere Auf-
fassung hatten, als alle unsere Gelehrten zusammen.

Aber nie war der Haß des Pöbels gegen die Seele
stärker als heutzutage, unter der absoluten Herrschaft
der Naturwissenschaften, des Geldes und der Prostituirten. Mit einer wüthenden Raserei wird das Seelische
verfolgt und ausgerottet. In der Wissenschaft die
große Lösung: Thatsache! Thatsache! Thatsache! Ein
Crookes, ein Zöllner, Wallace, Ulrici werden ausge-

lacht und in die Irrenhäufer gewünscht. In der
Politik und im öffentlichen Leben: Schmutz, Blödsinn,
Geld und Trachten nach Glück. In der Kunst: der
Naturalismus in seiner weitesten Bedeutung, als die
Darstellung der „Wirklichkeit".

Der Naturalismus, die letzte Etappe in der stufen-
weise erfolgten Abtödtung der Seele, ist das endgültige
Kunstideal des modernen Pöbels. Freilich hat er das
Wort zu eng gefaßt und hat es nur auf eine besondere
Art der Technik übertragen. Consequenter Weise sollte
er es auf das ganze Gebiet seiner Kunst anwenden,
gleichgültig ob die Vorgänge in der Natur und im
Leben spinatgrün oder grau in grau gemalt werden,
ob die Modelle des Malers in dem zerrissenen Kittel
des Arbeiters oder in der Rüstung eines mittelalterlichen Ritters auf die Leinwand kommen. Naturalismus ist die Kunst des Geschäftsmannes — und wer
ist nicht heute Geschäftsmann? — und soll Dinge
darstellen, die eben durch das Gehirn des Geschäftsmannes controlirt werden können.

Naturalismus ist „die Thatsache" in der Kunst,
gleichgültig, ob diese Thatsache von einem Meyerheim,
einem Defregger oder einem Liebermann dargestellt
wird, gleichgültig, ob sie mit bloßem Auge oder mit
der Lupe betrachtet wurde, gleichgültig, ob sie ein paar
greise Invaliden oder ein gelecktes Fräulein bedeutet.

„Phantasie ist Nothbehelf!" ruft ein Liebermann
aus. Es bleibt also nach der berühmten Zola'schen
Formel nur das Temperament. Aber selbst das Temperament ist nur eine Phrase. Zum Naturalismus

braucht man in der Literatur das Notizbuch, in der
bildenden Kunst ein gutes Auge und eine sichere Hand.
Ein gewöhnlicher Soldat bedarf bekanntlich auch nicht
mehr, und es ist ein seltsamer Zufall, daß die bedeut-
samsten Erscheinungen unserer Zeit, der Militarismus
und der Naturalismus, sich in derselben Forderung
begegnen: Beide bedeuten den Untergang der Indivi-
dualität, und Beide die stupide Uniformirung der Kaserne.

Einstmals war es nur der Gottbegnadete, der
die Kunst ausübte, der Prophet, der sich in eine
Bergeshöhle einschloß, um sich den furchtbaren Visionen der befreiten Seele hinzugeben, der Anachoret,
der in der Wüste und der Einsamkeit hauste. Im
griechischen Alterthume war der Dichter ein von der
Mania Besessener, ein düsterer Ekstatiker, ein Aeschylos,
ein Sophokles. Das Denken war heilig, und ein
Sokrates merkte in seinem verzückten Grübeln nicht,
daß er mit nackten Füßen in hohem Schnee stand.

Der mittelalterliche Künstler bereitete seine Seele
durch tagelanges Beten und Fasten vor, in zusammen-
gekrampfter Sammlung des ganzen Seins flehte er
den heiligen Geist der Erleuchtung um Gnade an,
bevor er an sein Werk ging.

Der heutige Künstler braucht andere Vorberei-
tungen; er ist zum Reporter herabgesunken. Der heilige
Paraklet der Erleuchtung ist für den modernen Künstler die Photographie, und der stärkste Antrieb zum
Schaffen ist der Geldmangel.

Das Denken ist billiger als Brod und die Kunst
ist ein leichtes Brod geworden. Wer könnte heutzutage

nicht „Künstler" werden? Und selbst ein „Genie" zu werden ist nicht so schwer: bezeichnend für unsere moderne Kunstanschauung ist das unglaublich dumme Wort: Genie ist Fleiß.

Der moderne Künstler muß vor Allem eine wichtige Forderung erfüllen: Er muß dumm sein, er muß die Fleisch gewordene Dummheit werden, wenn er es nicht ist. Er darf nicht denken, er muß das Denken verlernen, wenn er nicht schon ein Cretin ist, er darf in der Natur nichts Anderes sehen, als was man in einer guten Photographie zu sehen bekommt, er muß vor Allem die Kunst dem allerhöchsten Ideal entgegenführen, der farbigen Photographie, welche diese Kunst überflüssig machen wird.

Abseits von diesem „profanum vulgus" gehen die Ausgestoßenen, die heiligen Agni-Priester, die der Seele opfern, die Wenigen, in denen die Tradition vergangener Zeiten von der Heiligkeit des Denkens und der Kunst stärker als je lebendig ist, die Wenigen, die nur in Momenten des intensivsten Seelenaufschwunges, des schmerzhaftesten Durchbruchs der fremden Seele schaffen: die neuen Propheten, welche die ewige Wiederkunft der Seele verkünden, die gnadenreichen Mystiker, welche die Welt nicht durch das Auge und das Ohr, sondern durch das geheimnißvolle Organ der Seele percipiren, das synthetisirende Organ, das nur das Ewige und Unvergängliche sieht und das Wesen der Dinge erfaßt.

Das Weib eines Félicien Rops ist das Weib, das außerhalb jeder Zufälligkeit und jeder Zeit steht,

der Architypus des Weibes, Hekate, Medea; ebenso
gut das Weib der Apokalypse wie das des Ver
brechens; das Weib, das einstmals Priesterweihen
empfing und das dem Teufel den Hinteren küßte; das
Weib, das die Menschheit durch die Manneskraft
erlöst, und das dieselbe Menschheit in Ekel, Schmutz
und Fäulniß hinabzerrt.

Diese That eines Rops steht auf derselben Stufe
mit der eines Schopenhauer, seine Radirungen sind
ein mächtiges, philosophisches System, nur tiefer und
schmerzlicher noch, als das des frankfurter Weisen,
weil es nicht auf der Folge, sondern auf der Ursache
aufgebaut ist: dem Geschlechte, das erst den „Willen"
erzeugt hat. Und tausend Bände über die In
feriorität oder Superiorität des Weibes wiegen nicht
ein Stückchen von seinem sexuellen Pessimismus auf.
Rops hat die Psychologie des Weibes erschöpft mit
einer Kühnheit und einer Tiefe, wogegen die kranke
Misogynie eines Strindberg sich nur wie die Rach
sucht geschlechtlicher Unbefriedigung ausnimmt.

Der Mann, wie ihn ein Goya in seinen „Cap
riccios" sieht, ist kein bestimmter Mann. Es ist nicht
der Spanier vom vorigen Jahrhunderte, trotz seiner
Tracht. Es ist auch keiner der zahllosen Feinde des
Künstlers, wie ein tiefsinniger Kunsthistoriker ver
muthet, weil er nur gehässige Caricaturen zu sehen
vermochte. Es ist der ewig lächerliche Adam, der um
den lächerlichen Fünffecundenpreis des Geschlechts
genusses seine Seele dem Teufel mit Freuden ver
schreiben würde, der ewig lächerliche Pfau, der um

das Weibchen herumtänzelt und seinen Schwanz aus=
einanderfächert. Es ist der Hund, der auf Meilen die
Hündin riecht und ihr nachläuft, es ist die dumme
Geschlechtsbestie von Männchen, die durch das ge=
schlechtsschwächere Weibchen an der Nase geführt,
betrogen und belogen, in den Pflug der Arbeit mit
dem Ochsen zusammen gespannt und ins Verbrechen
gestoßen wird. Der Goyasche Mann ist der Esel, das
Schwein und vor Allem das lächerlichste aller Thiere:
der Bock. Es ist der Mann, als Geschlechtsthier
durch die seelengeweiteten Augen eines Magiers an=
gesehen, des Magiers, der Furcht hat, seine Mannes=
seele durch das Weib beschmutzt und herabgewürdigt
zu sehen, des Magiers, der durch den Mund eines
Janus de Villiers prophetisch verkündet: „Chaque
fois que tu aimes une femme, tu meurs d'autant".
Aber selbst der Magier wird zum Schwein: Gilles
de Rais, in dem die Raserei des Geschlechtes sich zur
bestialischen Tollheit steigerte, Paracelsus, der in dem
Sumpf der niedrigsten Ausschweifungen sein Leben
beendete, und selbst ein Jean Dee fand in der ent=
würdigendsten Libertinage seinen Untergang . . .

Das Portrait eines Schumann von Felix Valloton
ist kaum der Schumann, wie ihn seine Zeitgenossen
gesehen haben. So sah er wohl niemals aus. Aber
das ist die Seele Schumanns, wie sie in der In=
troduction zu der Fis-moll-Sonate in irrer Resignation
schmerzhaft brütet, wie sie in dem „Aufschwung" gell
aufkreischt in einem kranken: Cupio dissolvi; die Seele
Schumann's, die in der Fis-moll-Novelette in weiten,

2*

irren Kreifen ziellos hin- und herfchweift, um plötzlich
in wilden Sprüngen eine Veitstanztarantella auf-
zuführen. Und das ift die mächtige Kunft diefer
Künftler, die Seele eines Menfchen in fich aufzulöfen,
fie langfam fich neu fammeln zu laffen, zu einem
Gefichte zu formen, die Seele, nur die Seele und ihr
ganzes Leben in ein paar Striche zu bannen.

Diefe Künftler werden von der Maffe niemals
verftanden und dürfen auch im Intereffe der Züchtung
und Vermehrung, im Intereffe des zukömmlichen
Gedeihens nicht verftanden werden.

Diefe Künftler, das find die „Unmoralifchen", die
„Obfcönen". Ihre Werke vermodern in dem „enfer
de bibliothèques" oder fie werden in den Lager-
räumen der Mufeen zerftört . . .

Von einem diefer Begnadeten, Einem, dem fich
die Seele geöffnet hat und unfagbare Geheimniffe
offenbart, will ich fprechen. Es ift der Bildhauer
Guftav Vigeland.

II.

Guftav Vigeland ift in Norwegen geboren. Es
ift das Land der hellen Nächte, das Land der Berge
und des Meeres, das Land eines furchtbaren Ernftes
und einer harten, fchweren Melancholie: es ift das
tragifchefte Land von Europa. Das Bischen Erde,
das die Berge Millionen Jahre hindurch gebildet
haben, wurde durch die Gletfcher jenfeits über das
Meer weggetragen und bildet jetzt das fruchtbare

Friesen und Holland. Es hat noch einen verzweifelten Versuch gemacht und noch ein Bischen Erde gebildet und darauf entstanden Wälder, endlose Wälder: das ist Norwegens einziger Reichthum.

Und diese Melancholie kommt Einem nie so intensiv zu Bewußtsein, wie im Herbst. Wenn so im October die Bäume kahl dastehen, die Erde bedeckt mit dem faulenden Laub, wenn ein ewiger, wochenlanger Regen gegen die Fensterscheiben klascht und an ihnen niederrieselt; wenn man Monate lang die Sonne nicht zu sehen bekommt, nur Nebel, ewig Nebel, dann wird es unerträglich schwer und eng in dieser öden Einsamkeit. Man ist von der Welt wie abgeschlossen. Immer dieselben Gesichter, und den ganzen Tag dasselbe gelbe Lampenlicht. Die Menschen gehen still und wortkarg herum, und bis zum nächsten Nachbarhause ist oft eine Meile weit. Da drüben in Europa versteht man nicht, was Einsamkeit, was Trübsal ist.

Und in dieser Oede, in diesem Gewinsel und Geschluchze des Regens, unter dem bleiernden Nebelhimmel, den man erstickend über sich lasten fühlt, einem Himmel, der selbst im Zimmer schwer über dem Kopfe ruht, beginnt die Seele des sonst so vernünftigen, so festgefügten Norwegers langsam auseinander zu gleiten. Schlimme, trübe Gedanken steigen auf, wie Blasen auf einem Sumpf. Unbekannte Gefühle kriechen aus geheimen Seelenschlünden ängstigend hervor, das Gehirn verliert allmählich die Controlle, und das nackte, bis jetzt unbekannte Seelenleben bekommt unumschränkte Herrschaft. Er verliert die Kraft, das Fürchterliche, Zerstörende einzudämmen, er giebt es auf, sich gegen die Trübsal seines Herzens zu wehren. Die verstaubte Bibel wird wieder hervorgeholt, der Mann versenkt sich in das Wort Gottes, er verdreht es, er verliert den Sinn des Wortes, er sucht sich wieder zurechtzufinden, noch ein letzter Blitz des Verstandes, daß doch das Alles Wahnsinn ist, aber es ist schon zu spät. Und das Herz wird in den geheimsten Fältchen durchsucht, das ganze Leben in jeder Sekunde noch einmal durchgelebt, jeder Gedanke noch einmal durchgedacht, und die Angst und die Verzweiflung steigen immer höher hinauf: überall Sünde, große ekle Sünde in jeder Handlung, in jedem Gedanken, und was nicht Sünde ist, das wird durch das irre, grübelnde Gehirn zur Sünde gemacht. Und für dies Uebermaß von Sünden giebt es keine Barmherzigkeit, keine Verzeihung. Das wüste, verbrecherische Gesicht des biblischen Satan-Jehovah steigt auf, jenes Jahveh, der seine Brut für die Sünden, die er ihr selbst eingeimpft hat, züchtigt. Es hilft nichts! Der Satan, der Tröster aller Verzweifelten, krallt sich an der Seele fest, das Gefühl der Verdammniß, des ewigen Todes keilt sich gell in jede Seelenpore. Nun ist alles gleichgültig! Keine Sühne, keine Buße kann die verdammte Seele mehr erretten. Und Tage vom ver-zweifeltesten Grübeln werden durch Tage verzweifeltesten Trunkes abgelöst. Da man doch schon einmal dem Satan verfallen ist, so bleibt es ja gleichgültig, welche Sünden man noch auf sich häufen mag.

Schon manche von den germanischen Künstlern haben sich mit dieser Erscheinung befaßt. Der wilde

fanatiſche Calviniſt Jan Luyken hat in einer unglaub-
lichen Anzahl von Gravüren die furchtbaren Schrecken
und Angſtdelirien dieſer durch Verzweiflung gefolterten
Seele dargeſtellt. Arne Garborg hat dieſen ſeeliſchen
Proceß mit unvergleichlicher Macht in einem der
ſeeliſcheſten Bücher, die die Menſchheit beſitzt:
„Fred", geſchildert, Huysmans, ſeinem Urſprung und
ſeiner Empfindung nach durchaus ein Germane, be-
ſchreibt in ſeinem „En Route" die intenſeſten, die
qualvollſten Formen dieſer Gefühlswirrniſſe, und in
der Atmoſphäre dieſer Zweifel und dieſer Verzweiflung,
dieſes harten, verbiſſenen Willens zum Böſen und der
grübelnden Zerknirſchung hat der junge Vigeland
ſeine erſten Werke geträumt.

Seine ganze künſtleriſche That wurzelt in dieſer
Verzweiflung einer angſtgepeitſchten Seele. Ueberall
das Gefühl, das über alle Gefühle hinausgeht und
ſich in den Abgründen der Ewigkeit verliert: das Gefühl der Finſterniß, der Verdammniß, des Ausgeſtoßen-
Seins, des ewigen Todes. Und über Allem, was er
geſchaffen hat, ruht der ſchwere bleierne Himmel und
Jehovahs rächender Zorn. Und aus Allem lugt das
düſter grübelnde Auge eines Peſſimiſten hervor, der
im Leben nichts als Schmerz und Brutalität zu ſehen
vermag.

Gleich ſein erſtes Werk zeigt ſeine ganze Lebens-
auffaſſung: „Die Verbannten".

Adam läuft ſinnlos voran, mit ſeinem Weib und
ſeiner Brut. Er ſchreit in blutiger Verzweiflung die
erſten Begrüßungsſchreie dem Unbekannten entgegen,

das ihn da draußen mit allen seinen Schrecknissen erwartet. Neben ihm Kain, der künftige Vater des
Bösen, der Verkünder des Satan und seiner Herrschaft.
Eva mit dem kleinen Abel auf dem Arm, der kleinen
schlafenden Unschuld. Sie geht hinaus, um „réveler
l'enfer", wie Simon de Montfort sagt, aber sie sieht
zum Himmel hinauf, zu dem kommenden Menschen-
sohn, der ihre Sünden durch den Kreuzigungstod einstmals sühnen soll.

Es ist eine Bewegung in der Gruppe, ein ver-
zweifeltes Rennen, man fühlt hinter diesen Menschen
den Erzengel: dies furchtbare maniakalische Gedächtniß,
das in den schwersten Stunden der Schmerzen mit den
bezauberndsten Visionen des genossenen Glückes über
das Gehirn wirbelt. Etwas nur zum Trost: ein
Hund, der heulend mitläuft: das Einzige, das den
Verbannten treu geblieben ist. Das ist der einzige
Freund, und ein Freund, der im Unglücke treu bleibt,
muß wohl ein Hund sein.

Und nun folgt das hohe Lied der gequälten
Menschheit, das würgende „Salve Regina" des Ausgestoßenen, des Verbannten, des Menschen, der aus
der Sehnsucht nach dem verlorenen Paradies, dem
Teufel der Sünde, der Unzucht und des Verbrechens
verfallen ist: die Geschichte der elenden, verdammten
Adamsbrut, behaftet mit einer Erbsünde, die keine
Taufe, keine Buße mehr sühnen kann, behaftet mit
den Verbrechen der Väter, die sich in das millionste
Geschlecht rächen, dem Untergange geweiht durch den
schwersten Gottesfluch: das Leben-Müssen!

hier, auf einem Bas-Relief ein Paar sinnlos be=
trunkene Menschen. Sie schleppen sich vorwärts und
fallen zurück. Vor ihnen vielleicht ein Abgrund, in
den sie sich im nächsten Augenblick hineinwälzen werden,
um sich auf den Riffen der Felsschlucht zu zerfleischen.
Und über das Relief hinaus ragt die Gestalt eines
betenden Weibes, das Gott um Schutz und Gnade für
diese Menschen anfleht. Es ist kein Beten mehr, es ist
der Schrei eines Menschen, der keine Hoffnung mehr sieht
und um das Wunder fleht. Der Krampf der Seele hat
die ganze Gestalt geknickt, ihre Hände sind gewaltsam
gefaltet, um sich bald wieder zu lösen in der kranken,
hündischen Entsagung: Herr! Dein Wille geschehe!

Dort schreit ein Mann, ein Delirant, von tausend
Teufeln besessen, von seinen Bissen zerfressen, um Er=
lösung. Das ist das ganze entsetzliche Là-bas der
Menschheit, das durch dies qualvoll verzerrte Gesicht
schreit, einer Menschheit, versengt von dem Himmel,
der Feuer und Pest auf die Erde speit, umloht von
den Flammen der Hölle, die sich zu ihren Füßen öffnet.
Dieser Mann da wirkt wie ein Symbol vergangener
Zeiten, da Schaaren von Flagellanten durch die Städte
zogen und sich in ekstatischem Wahnsinn den Rücken
zerfleischten, da Horden von wilden Bestien, Horden
hungriger Bauern die Herrenhöfe plünderten und nieder=
brannten und nach Morden lechzten. Zeiten, in denen
der ewige Drang der Menschheit nach Delirien sich in
den Krämpfen des Sabbath qualvoll austobte, um wieder
in der trostlosesten Verzweiflung ohne Erinnerungen,
ohne Zukunft und ohne Gott zu verebben.

Der Mensch wurde müde, Gott anzurufen, der taub
gegen alle Klagen und alle Schmerzen geworden war:
die Augen sind geschlossen, die Gesichtsmuskeln sind
erschlafft, die ganze Gestalt zusammengeknickt: so hat
Vigeland einen alten Mann dargestellt, der seine Tochter
umarmt. Sie reckt sich hoch, als wollte sie die arm-
selige Ruine in ihre Arme auffangen, aber ihre weit
aufgerissenen Augen kennen auch keine Hoffnung mehr,
keinen Ausweg. Es ist nur noch das instinktive Pflicht-
bewußtsein des Kindes, den Vater bis zu Ende zu
stützen, ihm die Mutter zu sein. Die Tochter, die selbst
ihrem Vater gegenüber sich als Mutter fühlt, dieser
uterine Instinkt, einer der mächtigsten des Weibes:
hier ist er mit unvergleichlicher Schönheit dargestellt.
Und so stehen sie Beide da in stumpfer Erwartung des
letzten Gnadenstoßes, höchstens ringt sich noch ein Seufzer
über ihre Lippen: oh, wenn das Ende kommen möchte!

Und das Ende kommt, der Tod, aber nicht still,
nicht als eine Erlösung, sondern der Anfang neuer
Schreckniffe, neuer Qualen: Ein alter Mann liegt todt,
weit über den Boden gestreckt. Und knieend, krampfhaft über die erstarrte Gestalt vorgebeugt, ein altes
Weib. Sie starrt ihn an, sie frißt mit den Augen, in
denen der Wahnsinn geronnen ist, an der Leiche. Sie
kann es nicht verstehen, sie wird auch das furchtbarste
aller Lebensräthsel nicht verstehen . . .

Es giebt keinen Ausdruck auf dem unermeßlichen
Gebiet des Schmerzes, den Vigeland nicht gestaltet
hätte: von einfachem Angstzustand eine endlose Skala
bis zu der ringenden Verzweiflung, die sich in einem

thierifchen Schrei äußert — von der raftlofen Unruhe, die in finnlofen, unnützen Bewegungen den Schmerz zu erfticken fucht bis zu der ftumpfen Stupidität gedanken= lofen Grübelns — dem fchluchzenden flehen um Er= löfung bis hinauf zu den irrfinnigen Delirien, in der man die wüfteften Blasphemien in die Welt hinaus= fchreit und zum Satan wird, der das Böfe des Böfen wegen begeht.

Und endlich der Krebsfchaden der modernen Menfch= heit: die Lebensangft. Ueber dem riefigen Kopf eines Mannes der wüfte Wirbel des Lebens: drei Geftalten in einem Wirbeltanz über dem Abgrund des Todes. Sie ftürzen hinein in den Malftrom des Lebens, deffen kurzer Trichter fich in der fchwarzen Endlofigkeit des Nichtfeins verliert, kopfüber, finnlos mit dem graufigen Jauchzen, das nie das Bewußtfein verliert, daß Alles zu Ende geht. Es ift wieder nur die Raferei der Ver= zweiflung, die fich in der Orgie erfticken will, die wiffende Raferei eines, der für einen Moment des Genuffes eine endlofe Zukunft von Hölle einfetzt. So raft die Menfchheit, wenn ihr Untergang unvermeidlich ift. So mögen wohl die Sodomiter noch zuletzt Orgien gefeiert haben, als Schwefel auf fie niederregnete, Sardanapal bevor er fich mit feinen Kebsweibern einäfchern ließ, und mitten in den unfagbarften Greueln des Hungers und im Angeficht des ficheren Unterganges wird der König von Sion, Johann von Leyden, zu einer Beftie, deren Gefchlechtsgier keine Grenzen kennt.

Und in diefe irdifche Hölle, in diefe Angft und diefen Schmutz, in diefen Sumpf der Begierde und der

Qual führt ein altes Weib zwei Kinder hinaus, um sie an das Leben zu verkuppeln: ein Mädchen und einen Knaben. Sie führt hinaus in den sinnlosen Veitstanz des Lebens die arme, unwissende Brut, das ewige Opfer, das auf dem Sabbath des Daseins zu Ehren des Satan-Schicksals geschlachtet werden soll. Der Knabe, linkisch, verlegen, mit einem dummen Blick auf den glitzernden Plunder da draußen, der kleine, dumme Adam, der geborene Sklave des Weibes, der Betrogene und der Betrüger, der Magier und das Schwein. Das Mädchen fast selbstbewußt, mit einem Anflug von verächtlichem Schmerz um die Lippen. Oh, sie scheint ihre Zukunft zu ahnen, ihre Instinkte haben ihr wohl schon etwas von ihrer Bestimmung verrathen: Kinder im geschlechtlichen Schmutz zu zeugen und immer wieder Kinder, wenn sie es nicht vorziehen wird, die Offenbarung der Apokalypse zu erfüllen und die Welt mit dem Gift der Prostitution zu verderben. Noch ist Liebe über den Kindern, die verzweifelte Liebe eines Abraham, der seinem Sohne die Reisige des künftigen Scheiterhaufens auf die Schultern lädt, Liebe eines Gilles de Rais, der die Kinder vor ihrer Abschlachtung zärtlich an sein Herz drückt, Liebe eines Schumann, der den Kleinen die irrsinnigen Wiegen- lieder singt, aber es ist auch der offene prophetische Schmerz eines Christus, der die Kleinen zu sich kommen ließ, sie noch einmal zu sehen, so rein und so unschuldig, die Kommenden, die die Sünden der Väter millionen- fach häufen und neue Verbrechen, neue Verderbniß über die Welt bringen sollen.

III.

So stellt sich das ganze Leben einem Denker dar, der es nicht durch das Gehirn sieht, das Gehirn, das so viel Zufälliges und Nebensächliches in Rechnung zieht — so viele Lebensfreuden und Vergnügungen, so viele mannigfaltige, zerstreuende Beschäftigungen: das Geschäft und die Börse, die Politik und die Kunst, die mannigfachen Wege zum „Glück", zur „Ruhe", zu all' den Freuden der grünen Weide.

Oh, das Leben, wie es das Gehirn empfindet, ist ja so schön!

Man gehe ja nur in Millionen von Häusern: wie viel Glück im Schooß der Familie, wie viele zufriedene, harmonische Gesichter! Man sehe in die Schlafzimmer der ehrbaren Eheleute, wie viele glückselige, zärtliche Sättigung! Man gehe in die evangelischen Arbeiter-vereine: welch' ein herrliches Einverständniß zwischen Kapital und Arbeit! Man gehe in die Hochschulen, um sich schlagend überzeugen zu lassen, daß wir es schon so herrlich weit auf dem Wege zum absoluten Glück gebracht haben: das, was uns das Leben schwer machte, die Angst und die Sorge um das Jenseits, ist nun glücklich abgeschafft. Gott existirt ja nicht, und kein Professor hat bis jetzt eine Seele gesehen. Seele ist ja nur die Kehrseite der Materie, Seele und Materie sind ja nur dem Uhrgläschen vergleichbar, das eine concave und eine convexe Seite hat. Es erübrigt nur noch, das Eiweiß darzustellen, dann geht das Wort des Satan: eritis sicut Deus! in Erfüllung. Man

gehe in's Theater und laffe fein Ḣerz in die freudigften
Schwingungen bringen durch die erhabene Ordnung
und Sittlichkeit und Gerechtigkeit der Dinge: auf jegliche
Schuld folgt die Sühne, auf die Unruhe der harmo-
nifche Ausgleich, ja felbft der Tod wird verklärt
durch den Ḣinweis auf die befchauliche Ruhe mitten
unter dem eklen Ceichengewürme.

Was macht es, daß Millionen von Ḣänden fich
emporrecken und nach Brod fchreien? Ecrasez l'infâme!
Ruhe ift des Bürgers erfte Pflicht ruft der Dichter,
der auf den Menfchheitshöhen, fonderbarer Weife zu-
fammen mit den Fürften wandelt.

Was macht es, daß Millionen in dem Sabbaths-
tanze des Dafeins zu Grunde gehen? Doch nur ein
Beweis dafür, daß die Menfchheit zum Glück geboren
ift, wobei manche unglücklicher Weife ausgleiten.

Was macht es, daß Sekunden von Sättigung durch
Jahre von Qual bezahlt werden? Ein Beweis, daß
es leichtfinnige Menfchen giebt, die ihr Geld ver-
fchleudern und öffentlichen Mädchen nachjagen!

Es giebt alfo ein Glück, und dies Glück haben
die fteuerzahlenden Bürger gepachtet, es giebt auch
eine „Kunft", an der man erfehen kann, daß felbft
in den höchften und allerhöchften Ḣöhenwandlern das
Glücksbewußtfein lebendig ift.

Die Seele kennt kein Glück. Die freudige, jauch-
zende Seele ift ein Unding, ein viereckiges Rad, eine
Peitfche aus Sand; die Seele ift finfter, weil fie die
Ceidenfchaft und der Ueberfchwang ift, weil fie die
Brunftkrämpfe des Gefchlechtes und alle Entwicklungs-

stürme, die Angstdelirien der Vertiefung und den endlosen Schmerz des Durchbruchs zu erleiden hat.

Daher kommt es, daß den Künstlern, die der Seele opfern, das Leben als eine „sale corvée" erscheint, eine schmutzige Last, eine ewig vibrirende Angst, ein stetes Verzweifeln und stetes Verzichten, ein nutzloses Ringen und ohnmächtiges Unterliegen. Und grade die Liebe, dies größte Glück des Menschenmännchens, dies thierische Glück des mannbaren Phallus, wird ihnen zum tiefsten und zerstörendsten Schmerz.

Der sexuelle Pessimismus dieser Künstler ist eigentlich so alt wie die Welt, weil er den tiefen Haß der Mannesseele gegen das Weib zur Quelle hat, der Mannesseele, die in der Berührung mit dem Weib fast immer klein und schmutzig wird.

Das Weib, der ewige Erreger der Geschlechtsgährung, dulce malum pariter favus atque venenum, war durch das ganze Alterthum verhaßt und verachtet. Es konnte damals noch nicht zerstören, weil der Geschlechtstrieb nicht so einseitig differenzirt war wie heutzutage. Aber schon der Orientale hatte seine Astarte, der Inder die furchtbare Maya, die Mutter der Illusion, der Grieche die Medea, die Hekate, die Erinnyen, die Pythia, die mit den Dämonen der Mania in Verbindung standen, und für das alte Testament ist das Weib eine Geißel der Menschheit, das Princip der Gemeinheit und Schande, ein böser Geist, der alles Edle am Manne erstickt. (Siehe Sirach VII, IX ꝛc.)

Christus hat das Weib erlöst, er hat ihre böse Macht verklärt, er nahm in Schutz die Ehebrecherin und die Magdalena. Sein genialster Schüler, Paulus, vollzieht das Werk seines Meisters: das Zeitalter der büßenden Prostituirten, der unterthänigsten Dienerinnen des Christenthums bricht an: man denke nur an Thekla, an Lydia, an Chloe und Phoebe.

Das Weib kommt zu Ehren, die Gottesmutter, die „virgo paritura", bekommt Einfluß und Macht selbst über den Gott. Die „Wittwe", die lächerliche, geschwätzige, neugierige Alte, die der Talmud einer Landplage gleichstellt, wird plötzlich zu einer „Kalogrie" der „schönen Alten", und wird als eine gottgeweihte Person verehrt: das Weib empfängt die Priesterweihe im Diaconenamt.

Doch nicht lange dauert diese Herrschaft des Weibes. Schon Manes, der Schöpfer des androgynen Gottes, des Vater-Mutter, des doppelten Gottes des Guten und des Bösen, ruft aus: das Weib ist das Uebel, die Leidenschaft, die Unruhe, die Mutter der Häresia, die Hexe und der Sabbath, das Weib ist der Satan selbst!

Und immer mehr bricht sich im Schooß der Kirche die Anschauung Bahn, daß das Weib noch schlimmer ist, als der Satan selbst: „Unter den zahllosen Schlingen", sagt Marbodius, „die der schlaue Satan auf die Welt niederwirft, ist keine so schlimm und gefährlich, wie das Weib . . . Femina, triste caput, mala stirps, vitiosa propago, plurima quae totum per mundum scandala gignit". Ein Concil nach dem anderen sucht die Macht des Weibes zu brechen, es aus der Kirche hinauszudrängen, bis zuletzt die Frage aufgeworfen wird, ob das Weib überhaupt eine Seele besitzt.

Nun folgen — wenn man von der komischen Ero=
tomanie ein paar lächerlicher Troubadouren absieht —
Jahrhunderte des wildesten Hasses gegen das Weib.
Jetzt ist es nicht mehr die Kirche allein, die das Weib
ausgestoßen hat, es ist vor allen Dingen jener geheime
Bund der Magier, der gewaltigsten und vollkommen=
sten Menschen des Mittelalters, Menschen wie Kun=
rath, Raymond Lulle, Cornelius Agrippa, Paracel=
sus, Janus de Villiers ... „La femme a du miel
dans la bouche el le sel arsenical dans le coeur“,
sagt der Vater der Theosophen, Kunrath. Der Magier
schämte sich seiner Abstammung von Adam, der durch
das Weib seine heilige Würde als Magier eingebüßt
hatte; sein Urahn war Samyasa, der das große Opfer
der geschlechtlichen Copulation vollbrachte, um das
herrliche Geschlecht der Magier zu erzeugen. Der
Magier darf nie eine Frau berühren, denn der Ver=
kehr mit dem Weibe bedeutet den Verzicht auf die
Unsterblichkeit, den Verlust der göttlichen Fähigkeiten,
den Untergang in Schmutz und Schande.

Und nun ersteht das Weib in seiner ganzen furcht=
baren Rache: die Zauberin, die Hexe, die Priesterin
des Satan, die Schöpferin des Sacrilegs und der
Blasphemie, eine wüste Hyäne in Gestalt der Necato,
eine Madeleine Bavent, die nur durch die Atmosphäre,
die sie umgiebt, in die Klöster die Sünde, die Orgie und
den Sabbath verschleppt. Ende des siebzehnten Jahr=
hunderts entfesselt sich das vom Satan besessene Weib
in einer höllischen Macht. Sie führt die Verderbniß
und die Pest und das venerische Gift über die ganze

3

Welt: in Verfailles und in den Vatican, in die Klöster und die Höfe. Sie zerstört den Adel und die Priester. Sie feiert frech an hellen Mittagen ihre Messen zu Satans Ehren in gottgeweihten Kirchen. Sie ist die Maitresse des Baphomet und Louis XIV. gleichzeitig. Sie kennt kein Sacrileg, das sie nicht vollbringen, kein Verbrechen, vor dem sie zurückschrecken, keinen Schmutz, in dem sie nicht mit orgiastischer Freude wühlen würde.

Zum letzten Mal flackert ihre Macht in der französischen Revolution auf, in dem banalen, phantasielosen „culte de la raison", um sich eine Zeit lang in unterirdischen Betten zu verbergen.

Unsere Zeit sieht das Weib in einer neuen Gestalt, mit einem modernisirten Satancultus. Der Satan selbst hat sich modernisirt. Er geht in Frack und in Lackschuhen herum, sein Bocksgesicht hat durch den Henri-quatre-Bart ein anständiges Aussehen bekommen, er hat Glatze und die Alluren eines ältlichen Diplomaten. An Stelle der Necato tritt in Frankreich die Huys-man'sche madame Chantelouve, die satanisirten Weiber eines chanoine Docre, in England die Miß Diana Vaughan, die in der palladistischen Revue Gebete an den Satan redigirt, in Belgien die raffinirte Gift-mischerin Joniaux und in dem tristen Norden die Heldin des Buches von Hans Jäger: Kranke Liebe.

Der Satan der Hysterie und der Langeweile triumphirt über das Weib. Der moderne Mann wurde schwachsinnig und bekam den Ehrgeiz, das Weib zu seiner „Bildungshöhe" emporzuziehen, und in der Atmosphäre des philosophischen Cynismus und Atheis-

mus wachsen und schwellen die bösen Triebe, und von
Neuem wurde das Weib „der Strick, an dem der
Satan den Mann an sich zieht", wie Bodinus sagt.
Neue Satanskirchen sind entstanden: die Moulins Rouges,
die Orpheums, die Blumensäle, für die „besseren"
Kreise die famosen „Cercles". Der phantastische Tanz
der mittelalterlichen Hexen wurde durch den modernen
Cancan abgelöst, das giftige Aphrodisiacum der Hexe
wich der Morphinspritze, aber die Grundstimmung
verblieb, der Wille zum Verbrechen und zum Gottes-
raub, der Wille zu einer übermenschlichen Geschlechts-
steigerung, die sich nur in der Perversität austoben
kann.

Der tiefste Geschlechtspsychologe des Jahrhunderts,
Rops, giebt immer eine Synthese der modernen Courti-
sane und einer mittelalterlichen Hexe. Sie ist activ,
sie zerstört wissend, sie ist zur Hälfte immer eine Tribadin,
wie sie schon Balduin Griehn in seinem Cyklus: die
Hexe, gezeichnet hat, oder wenigstens eine Mastur-
bantin, wie auf einem Rops'schen verni mou: „Le
diner d'athées". Jedenfalls haßt sie immer den
Mann, weil sie ihn so grenzenlos verachtet: et puis-
l'homme c'est si laid, heißt es unter einer Forain'schen
Zeichnung, auf der ein älteres Mädchen ein jüngeres
zu erobern sucht . . .

Munch und Vigeland synthetisiren das moderne
germanische Weib, das Weib, das allerdings keine
rituellen Traditionen des Satancultus hat, aber in
dem nichtsdestoweniger die Macht des Bösen und der
Trieb zum Bösen lebt.

Das Weib eines Rops wird in den Wirbel hinein-
gezogen, sie schreit, sie jauchzt, sie leidet mit, das Blut
überströmt ihr Gehirn, bis sie alles um sich herum
vergißt und sich dem „Influx" ihres Gebieters, des
Satans, hingiebt: sie ist immer eine Art satanisirte
heilige Theresa. — Das Weib der beiden nordischen
Sexualpsychologen, das germanische Weib par excellence, ist sparsam. Ihre Seele ist eng, ihr Herz
ist eng, und sie hat so entsetzlich viel Vernunft. Und
das ist ihre böse Macht. Der Mann leidet, er leidet
immer. Seine Seele zerbröckelt, das Gleichgewicht
verschiebt sich, gleitet auseinander, eine irrsinnige
Traurigkeit bemächtigt sich seines Gehirns, verbrecherische Wuthanfälle flammen wild auf: das ist das
klinische Bild der Krankheit, die durch Liebesphilter
hervorgerufen wird, und für die es keine Heilung giebt.

Diese Liebe ist die Liebe der Verzweiflung, ein
grandioses officium desperationis, eine vulkanische
Revolte des leidenden Geschlechts, ein hungriger Schrei
des Fleisches, ein schwarzes Karma, das alle voran-
gegangenen und alle zukünftigen Leidensstationen in
sich enthält.

In einer Anzahl von Werken schildert Vigeland
diese moderne Walpurgisnacht der Liebe.

Eins davon, „Zwei Junge" benannt, ist folgender-
maßen componirt: Der Mann ist an dem Weibe
niedergesunken und umfaßt krampfhaft ihre Kniee.
Das Verlangen, der verzweifelte Hunger des Geschlechtes hat seinen Mund convulsivisch verzerrt. Man
hört die unartikulirten Laute der überreizten Nerven,

man sieht ihn zittern und die Zähne im Schüttelfrost aneinanderschlagen. Sie sinkt halb hin: mit der einen Hand, die übernatürlich groß ist, als wollte sie alle Scham damit verbergen, verdeckt sie ihre Augen, und über dieser Hand sieht man einen riesigen Schädel, als wäre er angeschwollen von dem Selbstkampf. Sie wird sich ihm hingeben, um ihn zu befriedigen. Sie werden versinken in der stummen brutalen Ekstase des Blutes, die nicht befriedigt, nur die Nerven zerreißt, und nur Haß und Abscheu erzeugt.

Und sie? Sie wird aufstehen mit dem Ekel gegen den Mann, der sie beschmutzt hat, der ihr das ge= nommen hat, was nie wieder erlangt werden kann: die Reinheit. Sie wird ihn fürchten und fliehen, und sein Verlangen wird sich steigern, bis das Blut sich über sein Gehirn ergießen und es verdunkeln wird. Und er wird nichts sehen außer dem nackten Körper, den er in bestialischer Lust zerfleischen möchte und nichts fühlen außer der fiebrigen Gluthhitze dieses Körpers: nach und nach wird er zum Thiere herabsinken und das Weib vergewaltigen.

Diesen Augenblick stellt Vigeland im folgenden Haut=Relief dar:

Der Mann hat das fliehende, wehrende Weib erreicht. Sie ist in die Knie gesunken, ohnmächtig, erschöpft, wehr= los, nur mit den Händen hält sie sich an einem Gegen= stand fest. In einem Sprung hat der Mann sie gepackt. Seine brutale Hand schlingt sich wie ein eisernes Lasso um ihren Körper. Ihren Kopf hat er gewaltsam zurück= geworfen und wühlt mit seinen Lippen in ihrem Hals.

Diesen exaltirten Wollustschmerz haben unter den modernen Völkern — wenn wir Rops als eine erstaunliche Ausnahme übergehen — nur die Japaner darzustellen vermocht. Freilich ist Rops der Schüler eines Baudelaire, eines Barbey d'Aurevilly, der modernen Diabologen, welche die Tradition der schwarzen Messen in ihrem Blute hatten. Vigeland und die Japaner sind Schüler des Lebens. Und der lebendige Wollustschmerz hat ihre Erotik so durchtränkt und durchsättigt, daß sie aufhört, als solche zu wirken und nur die Abgründe der menschlichen Seele eröffnet.

Es ist nicht mehr die persönliche Wollustempfindung, die einem erotischen Werke das wollüstige Gepräge giebt: hier ist das Erotische fast von geschlechtlichen Momenten entkleidet. Es ist das Geschlecht an sich: die kalte, grausame Macht der Natur, die zwei Wesen rücksichtslos, brutal aufeinander wirft, das Geschlecht, das sich zweier Wesen nur als eines Mittels zu seinen Zwecken bedient.

Auf den japanischen Zeichnungen sieht der geschlechtliche Elan einer Tortur ähnlich. Die Glieder sind verrenkt wie in epileptischen Krämpfen, die Finger gekrümmt vor Schmerz, die Nerven scheinen auseinander zu reißen, die Weiber liegen wie in einem qualvollen Todeskampf, in Stellungen, wie sie nur in der Katalepsie künstlich zu erzeugen sind. Es ist die ins Uebermenschliche gesteigerte Copulation der Natur in zwei Wesen symbolisirt.

Dieselbe Qual, nur auf das Psychische übertragen, stellt Vigeland dar. Eins seiner Werke steht für mich an seelischer Kraft unerreichbar da: Das Weib kniet, den Kopf in die Erde vergraben, umflossen von dem Strom ihrer Haare. Ueber ihr liegt kniend der Mann. Mit beiden Händen umfaßt er ihren Leib fest, schmerz= haft fest, und preßt gewaltsam sein Gesicht in ihren Nacken.

Das ist die Tragödie des jungen Mädchens, das sich einem Anderen versprochen hat, vielleicht die Tragödie einer Ehebrecherin. Der Schmerz hat auf= gehört, Schmerz zu sein; es ist ein willenloses Hinab= rollen in den Abgrund, ein willenloses Sich=Ueberant= worten dem Satan der Sünde und der Zerstörung. Sie hat bis zur letzten Sekunde gekämpft, aber sein keuchender Geschlechtswille hat sie bezwungen. Doch jetzt, wo er das Ziel seines Verlangens endlich erreicht hat, wagt er nicht, sie zu nehmen. Er preßt sie nur an sich, er fühlt das Geschlecht sich lockern, und das Glück, das er endlich zu erreichen glaubte, wird zur Tortur.

Nein! Es giebt kein Glück für die armen „exules, filii Hevae" und die Liebe, grade die Liebe, worin sie stark und mächtig werden und die übermenschlichen Freuden des verlorenen Paradieses wieder genießen sollten, wird ihnen nur zu neuer Qual, zu neuem Haß und Zorn.

Satan, der Vater des bösen Gewissens, der böse Satan, der die schönsten Hoffnungen knickt und das Glück der höchsten Willensanspannung in ekle Schlaff= heit umkippen läßt, beherrscht die Liebe der elenden Adamsbrut.

Schon Crespet (deux livres de la hayne de Sathan ... 1590) beschreibt umständlich alle die Mittel, die Satan gebraucht, um die Liebe zu verhindern. Doch keins von allen den Mitteln, die er anführt, ist so wirksam, wie die Erregung von Zweifeln an das Weib in der Seele des Mannes. Durch den Zweifel wird sein Geschlechtswille am leichtesten zersplittert und vernichtet, der leiseste geschlechtliche Aufschwung verwandelt sich in Haß, und das Verlangen nach der Verschmelzung im ungestümen Liebesrausch wird zu einer Lache voll Schmutz und Unrath.

Und giebt es ein Weib, an dem der Mann nicht zweifeln würde? Giebt es ein Weib, das dem Satan der Sünde nicht ein williges Ohr liehe?

Das gefallene Weib und der bis zum Wahnsinn gequälte Mann ist eigentlich das Grundthema von allen „erotischen" Werken, die Vigeland geschaffen hat. Aber in keinem hat er es mit größerer Macht dargestellt, wie in seinem „Zweifler":

In den Schoß des sitzenden Mannes wühlt sich ein Weib hinein. Er scheint es nicht zu merken, er hat den Kopf mit der einen Hand gestützt und sieht mit dem Ausdruck einer unsagbaren Qual hinauf.

Er hat die Nutzlosigkeit all seiner verzweifelten Selbstkämpfe eingesehen. Er ist von dem Dämon der tiefsten Mannesinstinkte, die von dem Weibe Reinheit verlangen, besessen. Und dies Weib da lag schon in fremden Armen, es waren schon mehrere da, an die sie sich mit derselben eklen Brunst angeschmiegt hatte, wie jetzt an ihn. Der Gedanke ist auf den Boden feiner Seele gefallen, faßte Wurzel und wuchs in der tropischen Hitze des Seelenfiebers zu einem riefigen Unkraut an.

Zuerst war es nur eine unangenehme Empfindung, dann schwoll fie an zu einem schmerzhaften Herzkrampf und jetzt kann er fie nicht anrühren, ohne an feine Vorgänger zu denken. Das cynische Gefühl des Zweifels an diefer Liebe, die fo oft von Einem zum Anderen übertragen wurde, das Gefühl, in dem Leben diefes Weibes nichts weiter als eine Zwischenstation, eine laufende Nummer zu fein, wird er nicht mehr los.

Er rafte, das Weib in feiner Seele wieder zu ge- bären, um das Andere, das fich da vor ihm wälzt, zu vergeffen, aber Alles ift nutzlos, weil die empörte Seele dies Weib immer von Neuem ausfpeit.

Und mitten hinein in diefe entfeffelte Hölle der Liebe, mitten in diefe Verzweiflung und den Willen zum Untergang, mitten in diefen irren Wahnfinn des Gefchlechtes fährt ein jäher Blitz: der jauchzende Triumph des Gefchlechtes, in dem die Ekftafe des Fleifches fo mächtig geworden ift, daß die Qual er- ftickt wurde, eine Sturmfanfare des Blutes, ein himmel- hochjauchzendes Hallelujah des Ineinanderwachfens, der rückhaltlofen Verfchmelzung zweier Seelen in einem ächzenden, brünftigen Kuß: ein fitzender Mann, der ein Weib wie ein Kind in feinen Armen hält. Sie hat feinen Hals wild umfchlungen, mit ihren Beinen ftemmt fie fich wüthend gegen feine Arme und Beider Lippen haben fich in einem faugenden Kuß gefunden.

Aber das ganze ist nur die kranke Sehnsucht des
Zweiflers. So hätte er mit seinem Weibe verschmelzen
mögen, was er nicht kann, weil die Vorgänger sie
auseinanderreißen. So hätte er sie auf seine Hände
nehmen mögen, wenn nicht gleichzeitig der Haß in
ihm aufflammte, so daß er sie am Liebsten zu Boden
werfen und mit den Füßen zertreten möchte.

Das ist der schmerzhafteste Traum, den ein Zweifler
haben kann, der Todeskampf der blutenden Seele.

Aber vielleicht könnte er sie wiedergebären, wenn
er sich von seinen Dämonen loslöst und sich selbst im
Licht wiederzugebären vermag? O ja! Denn es giebt
eine große, lichte Stimmung, in der die Begierde
stumpf wird und alle Gelüste des Thieres verlöschen;
es giebt einen weichen Schmerz der Sehnsucht, die
ziellos über alle Meere und alle Weiten schwebt, einer
Polarmöve gleich, die es nach keiner Heimat zurück-
verlangt.

Wenn gegen den Abend die herbstliche Sonne in
einem dumpfen, metallnen Glanz verglüht, wenn der
Himmel und das Meer ineinandertauchen und blasses
Gnadenlicht der Sterne auf die weiten Ebnen nieder-
quillt, — wenn es so still wird, daß man den müden Hauch
der sterbenden Erde fühlt — wenn Laut und Farbe
und Form sich in Sehnsuchtsschwingungen auflösen
und von einem Ende zum andren die Welt um-
fluthen —, dann umfängt die große schmerzlose Ruhe
das kranke Herz ...

Aus dieser Stimmung hat Vigeland seinen „Tanz"
geboren.

Der Zweifler hat den Leib des Weibes vergessen.
Vergessen und versunken ist ihm das Weib mit ihren
Lüsten, die sein Herz in Haß und Ekel peitschten.

Jetzt ist sie ihm ein Stück von seinem Herzen und
Beider Herz nur ein winziger Bruchtheil des ver-
blutenden Erdherzens. Sie schmiegen sich an einander,
wie zwei Sturmtauben, die endlich Ruhe bei einander
gefunden haben ... Die irdene Schwere ihrer Glieder
fiel ab und die große Sehnsucht der Dämmerung
trägt sie hinaus über das dumpfe Elend und den
Groll und den Zorn des Lebens.

Tief unten das wilde Geröll und das Ungestüm
der menschlichen Qualen: dies Alles ist vergessen.
Sie tanzen über der Erde, umflossen von dem Schwer-
muthslied traumgeborener Ahnungen, und die düstere,
schluchzende Klage um das verlorene Leben:

„Dis qu'as tu fait, toi que voilà
„De ta jeunesse?!"-

verschmilzt in dem unsagbaren Sehnsuchtsglück:

„Un vaste et tendre
Apaisement
Semble descendre
Du firmament
Que l'astre irise ...
C'est l'heure exquise." [1]

... Wohl giebt es ein Glück, aber es ist nicht
von dieser Erde ...

---

[1] Verlaine.

IV.

Das bürgerliche Gehirn hat sich darin erschöpft, die Gesetze und Bedingungen für ein glückliches Leben aufzuconstruiren. Aber diese Gesetze sind Gesetze der menschlichen Stupidität, wahre Saturnalien des Blödsinns. Die bürgerliche Ethik, oder die Lehre von dem glücklichen und harmonischen Dasein, das ist das ursprüngliche, das einzig authentische „communistische Manifest" der modernen Plebsmassen. Die Engländer, Spencer im Besonderen, ist der Vater der socialistischen Prämisse, daß der Mensch zum Glück geboren ist. — Aber das Glück fordert eine Uniformirung der Gehirne, eine dogmatisch erstarrte Lebens- und Weltanschauung, das Glück erfordert thierische, physiologische Functionen, wie es das Geschlecht ist, in dem sich ein Jeder auf dieselbe lächerliche Weise befriedigt. Und übrigens ist dieses kindisch-spinocistische Ideal gebrechlicher Greise von dem Mensch-Philosoph, der durch das Gehirn die Triebe und die Sehnsucht und die Instinkte unterjochen soll, dies Ideal, das noch in dem modernen „Großgehirnaristokraten" sein kümmerliches Dasein fristet, doch auch nur aus einem negativen Gefühlswerth entstanden, der Angst vor dem Schmerze.

Die Natur selbst kennt kein Glück. Den aufsteigenden Weg der Entwickelung bezeichnet die steigende Intensität des Schmerzes, die steigende Präponderanz des Leidens. Man wollte die Wirkung zur Ursache machen, oder jedenfalls ein gleichzeitiges Entwickelungscorrelat, Verfeinerung und Cultur von einander trennen und letztere für die sogenannte Degeneration verantwortlich machen. Abgesehen davon, daß eine solche Trennung nur eine lächer= liche Geistesspielerei ist, ist ein Wort wie Degeneration eben nur ein dummes Wort. Unsere Aerzte befassen sich bekanntlich niemals mit der Geschichte, sonst würden sie wissen, daß das, was man heute als eine moderne Krankheit hinstellt, zu allen Zeiten bestanden hat. Die Degeneration ist eben keine Degeneration, sondern ein regelmäßig wiederkehrendes und ebenso nothwendiges Entwickelungsphänomen, wie das sogenannte Normale, ja, millionenmal nothwendiger, denn das Normale, das ist die Dummheit, und die „Degeneration", das ist das Genie. Giebt es einen Menschen, der stärker an Neurasthenie, an nervöser Ueberreizung, an psycho= tischen Fieberzuständen litt, als der Prophet des Pro= testantismus, Martin Luther? Das Normale, das ist Max Nordau, der gehirnlose Philosoph des Pöbels, das Degenerirte, das ist Nietzsche!

Jede Entwickelung wird gekennzeichnet durch eine besondere Fähigkeit, fast alle Gefühlswerthe als Schmerz zu empfinden. Und es ist ganz natürlich, daß unsere schnelle Geistesentwickelung subjectiv sich als eine ununterbrochene Reihe von Qualen und Leidensstationen widerspiegelt. Das Gewissen verfeinert sich in einem entsetzlichen Grade; unser Gedächtniß gerade an er= littene Schmerzen ist sicherer und stärker geworden, es sind nur noch die Weiber, die ihre Geburtswehen vergessen. Die Angst vor dem Schmerze, der durch die Erinnerung übertrieben wird, steigert sich zum Delirium, und mit jedem Jahresknoten, den wir auf

unferem Lebensriemen machen, wird das Leben aus-
fichtslofer und drückender.

Das Gehirn hat verlernt zu glauben. Das über-
mäßig entwickelte Gehirn hat jede Stütze verloren, es
zweifelt an Allem und gleichzeitig kann es fich Alles
zurechtlegen und denkbar machen, und das Facit des
ganzen Lebens: Angft vor Schmerz, Angft vor dem
Leben, das nur aus einer Reihe von Schmerzen beftehet,
Angft vor dem Tode: Alles wird zu Angft und Unruhe und Qual.

Und diefe Kraft, die fich in dem Schaffen diefer
feelifchen Marterwerkzeuge abmüht, diefer Gang der
Entwickelung nach der Richtung des intenfeften Schmerz-
gefühles: dies Alles ift Satan.

Der Satan war früher als Gott, weil Gott das
Gute ift. Das Primäre aber das ift das Böfe, weil
der Schmerz das Primäre ift; und Schmerz und Verzweiflung haben das Böfe gezeugt. Das Böfe ift das
Ewige, und es hat fich erft das Gute erfchaffen müffen,
um feine fürchterliche Macht zu bezeugen. Der Satan
ift auch in dem Bewußtfein des Volkes mächtiger als
Gott; denn es ift der Satan und feine Ränke find es,
die das Volk fürchtet, nicht Gott. Gott ift eigentlich
nur das Schutzmittel gegen das Böfe, er wird ange-
rufen nur, wenn Satan vom Menfchen Befitz genommen
hat: und von Anfang an war der Menfch immer be-
feffen vom Satan des Schmerzes und der Verzweiflung.

Die religiöfen Culte aller Naturvölker find alle aus
der Furcht vor dem Böfen, aus der verzweifelten Angft
vor dem Schmerze entftanden; den Urfprung der

claffifchen Religionen fucht man neuerdings in den orgiaftifchen Rafereien des Phalluscultus, und das ganze Mittelalter kannte nur eine Religion: den Satan. Der Satan ift der Adonaï des Böfen. Er ift der Gott der Armen und Hungernden, der Gott der Un- zufriedenen und der Ehrgeizigen, der Gott der Natur und der Inftinkte, die immer das Böfe wollen, der Gott der Verdammten und der Suchenden, weil Alles Suchen Gott-Verlieren bedeutet: Satan, das ift der Sammelbegriff für Alles das, wofür das göttliche und menfchliche Gefetz ftraft.

Nietzfche hat uns in genialen Zügen den Typus des Verbrechers gezeichnet, des bleichen, fchaffenden Verbrechers, der im Dunkel der Nacht herumfchleichen muß, weil er die Tafeln zerbricht, weil er fchafft, denn alles Schaffen heißt: unter dem Zwange der böfen Inftinkte, des Ehrgeizes, der Verzweiflung und des Zweifels, des Widerfpruchs- und Zerftörungswillens, neuen Schmerz zu gebären, neue Verbrechen über die Erde zu fäen.

In diefem Sinne waren fie alle Verbrecher: Rabbi Jefchua, der am Kreuze in Verzweiflung zu feinem Vater emporfchrie, warum er ihn verlaffen habe. Jefus, der Zweifler und Verzweifelte, hat fich an feinem Gott vergangen. Einer der tiefften Pfychologen des Mittelalters, Mathias Grunwald, hat ihn als den „Verbrecher" dargeftellt, als den Menfchen, der in der Qual verftarb, daß er für eine fixe Idee zu Grunde gehe, den Chriftus, der in dem Ueberfchwang von Schmerzen an feiner Gottesnatur verzweifelt.

Und auf der anderen Seite die Häretiker, die Bürger-
lichsten der Bürgerlichen, die neuen Luthers des frei-
sinnigen Bürgerthums — die Strauß und Renan,
wurden sie nicht Alle, trotz ihrer — Gutbürgerlichkeit
— zu Verbrechern?
Und ist nicht die ganze sinnlose Ironie der Geschichte
etwas Verbrecherisches, die Geschichte, die einen
Christus mit dem geschwätzigen, süßlichen Renan, einen
Calvin mit Strauß, dem Vater des Bildungspöbels,
einen dummen Prahlhans von Vaillant mit Henry,
dem einzigen Großen, den der moderne Anarchismus
hervorgebracht hat, eine banale Nana mit Jeanne
de Domrémy zusammenstellen läßt?!
Sie alle sind Kinder des Satan: die, welche um
einer Idee willen den Frieden Tausender von Menschen
opfern, Alexander und Napoleon; die Jugendverderber,
mögen sie Sokrates oder Schopenhauer heißen; die,
welche sich in die Tiefe wagen und das Böse lieben,
weil nur das Böse die Tiefe ist, Poe und Rops, —
die, welche den Schmerz um des Schmerzes willen
lieben und auf der Golgatha der Menschheit sitzen,
Chopin und Schumann —, die Erdgeborenen, die in
dem Räthsel des doppelten Ursprungs wühlen, dem
Schmutz und dem lächerlich Erhabenen: Alle die, welche
abseits gehen, weil alles Abseits im göttlichen und
menschlichen Sinne ein Verbrechen ist.
Und das ewige Prototyp dieses Verbrechers, des
Paria und des Verdammten, des Zweiflers und des
Anarchisten, ist Satan. Satan ist der erste Philosoph
und der erste Anarchist. Aber er ist auch das Schicksal,

- 49 -

das troftlofe, finftere, qualvolle Schicffal der Enterbten, das Schicffal, das ſich ſelbſt zum ſchmerzlichen Schicffal wurde: Satan leidet, er leidet immer. „Wozu ſtörſt Du meine Ruhe," frägt er immer die, die ihn anrufen: er hat ſich ſo in den Schmerz vergraben, daß er ihn als ſeinen Ruhezuſtand betrachtet.

Der Satan des Mittelalters war verzweifelt und ſeine Verzweiflung zeugte das Böſe. Der moderne Satan ſchafft das Böſe, weil er es muß, und das iſt ſeine Verzweiflung. Der moderne Satan, das iſt die Macht, die in Raferei, von einem trunfenen, dämoni= ſchen Triebe gehetzt, über die Welt geht, Verzweiflung und Untergang ſäet, und durch denſelben dunflen Trieb gezwungen wird, ſeine Verbrechen zu regiſtriren, zu protocolliren: eine Macht, die nicht wie im Mittelalter ein orgiaſtiſches Freudegefühl an dem Böſen hatte, ſondern in düſterer Machtloſigfeit über die Beſtimmung grübelt, das Verbrechen ſtiften zu müſſen.

Die Natur, das Schicffal, das ganze ſinn= und zwecloſe Leben über uns, das nur immer verbreche= riſche, zerſtörende Inſtinfte in's Leben ruft, dies Alles iſt der Satan, wie ihn Vigeland erfaßt und dargeſtellt hat, Satan, der Beherrſcher der Lebenshölle.

Das naive Mittelalter glaubte den Satan dadurch furchtbar zu machen, daß es aus ihm einen Baſtard von Menſch und Thier machte. Der Satan des Mittel= alters hat ein Bocfsgeſicht mit großer Adlernaſe, weibliche, ſchlaff herabhängende Brüſte, die untere Partie iſt irgend einem Thiere entlehnt, meiſtens ſind es Bocf= oder Pferdefüße. Natürlich hat das Mittel=

4

alter dem Geschlechtsorgan eine ganz besondere Auf-
merksamkeit gewidmet, es ist ein gekrümmter, lang
herabhängender, glühend rother Phallus, der sich an
der Spitze hermaphrodisirt.

Félicien Rops war der Erste, der mit dieser Tradition gebrochen hat. Aber sein Satan ist nur immer
der Dämon der Unzucht, der Dämon der geschlechtlichen Orgie. Er ist immer eine Mischung von dem
bekannten Priester der modernen schwarzen Messen,
Docre, und einem schamlosen, liebenswürdig-boshaften
Filou, eine Mischung von einem abgelebten Débaucheur
und einem Kuppler. Rops verachtet eigentlich den
Satan, er wurzelt mit seiner Bildung in dem unehr-
lichen, halb verzweifelten, halb skeptischen Satancultus
eines Baudelaire.

Wiertz mag wohl die Idee eines das ganze Leben
beherrschenden Satans, als einer wüsten, zerstörenden
und verzweifelten Naturgewalt vorgeschwebt haben in
seinem grandios angelegten Bilde: Napoleon in der
Hölle. Doch der Erste, der mit einer genialen Sicher-
heit, mit vollem Bewußtsein den modernen Satan, den
Satan-Wort, das Fleisch geworden ist, den Satan-Gott,
Satan-Instinkt, Satan-Natur, Satan-Schicksal geschaffen
hat, ist Gustav Vigeland.

Mitten in einem enormen Relief sitzt sein Satan,
das Gesicht festgepreßt auf die krampfhaft geballten
Fäuste. Die Stirn breit, mächtig, mit zwei großen
Wülsten, zerfurcht von den inneren Qualen, die Lippen
fest aneinandergebissen, die Augen, die unter den mächtigen Brauen wie aus zwei finsteren Höhlen dumpf

herausstarren, Augen, in denen eine allmächtige, all-
gewaltige, finstere, verschlossene Seele in erstickten Ver-
zweiflungsschreien geronnen ist, so sitzt er da, ein
Herkules, der innerlich von dem Nessos-Hemde zerfressen wird, ohne einen Laut auszustoßen, ein tausend-
fach potenzirter Napoleon, der mitten unter Tausenden
von zerstümmelten Leichen mit grausamem Schmerz
an die Tausende denkt, die noch geopfert werden
müssen. Das ist Satan, das Genie, das zerstören
muß, um neue Mittel der Zerstörung ausfindig zu
machen und Satan-Gott, der über sich noch eine Mutter
Heimarmene, ein Uebergehirn, walten fühlt, die ihn
lenkt und regiert und ihn zu immer neuen Opfern
und Verbrechen zwingt.

Alle alten Religionen wissen von einer Parvenürasse
zu erzählen, die das alte Herrschergeschlecht stürzt und
selbst den Thron usurpirt. Die Griechen hatten ihren
Kronos, der vom Zeus, die Juden den Lucifer, der
durch Jehovah gestürzt wird.

Und dieser Satan ist schön mit der aristokratischen
Seelenschönheit eines Lucifer, der die Poesie und die
Philosophie erfunden hat. Er ist schön mit der Schönheit der verbrecherischen Kühnheit und Selbstlosigkeit
großer Verbrecher, und er ist grausam mit der fanatischen Grausamkeit des Anarchisten, der um der Idee
willen seinen Bruder opfern würde: Satan ist der
erste Anarchist.

Dieser Satan ist dreieinig, wie es jede Gottheit
ist. Er ist der Gott der Unzucht und der Blutschande,
der Gott der Diebe und der Mörder. Seine Tempel

das sind die Bordelle und die chambres separées, die Tingeltangel und die Verbrecherspelunken. Dieser Satan kann überall seinen Einzug halten, in das eheliche Schlafzimmer und in das Kloster, in die Höfe der Könige, aber am liebsten in die elenden Baracken der Enterbten und Verzweifelten.

Er ist aber auch Lucifer, der Geist der Revolte und des Mißtrauens, der Neugierde und der schranken= losen Anarchie, und gleichzeitig ist er der kommende Gott der Herrschaft des Antichrist: der Gott des Schaffens und der ewigen Wiederkunft, des Kampfes und der Selbstlosigkeit des Kämpfenden. O, il faut aimer les démons, sagte Angela de Foligno, eine Heilige.

Um diesen Satan herum rast ein Wirbelstrom von Menschen. Sie drängen sich an ihn heran. Sie stoßen sich hinunter und wirbeln sich hinauf. Schreiende Hände werfen sich zu ihm empor, umfassen krampfhaft seinen Thron. Von rechts fließt der Strom und theilt sich im Vordergrunde. Der eine Theil: ein wild ver= schlungener Menschenknäuel, ein hundertfach in Hände, Köpfe, Beine, Leiber gegliederter Riesenkörper, in Schmerzensdelirien das höllische „De profundis" schreiend: Libera nos Satan! Der andere Theil wälzt sich hinunter: ein Haufen wüst übereinander liegender Körper, verknäuelt und verstrickt. Sie reißen einander hinunter mit der verzweifelten Energie derer, die zu Grunde gehen, sie zertreten und zerstampfen einander: ein Riesensymbol des brutalsten und thierischesten aller Kämpfe, des Kampfes um's Dasein.

So verknäulen und zertreten einander Menschen, die sich durch den schmalen Eingang einer brennenden Kirche retten wollen, Menschen, die in den verschlossenen Kojen eines untergehenden Schiffes um eine Luke in sinnloser Raserei kämpfen, Menschen, die in der Zeit der Hungersnoth um ein Stück verfaulenden Aases einander in Stücke reißen.

Weiter nach links vererbt die Sturmfluth: es sind nur noch Menschen, die stumpf vor sich hinstarren, Menschen mit dem dumpfen Bewußtsein der Aussichtslosigkeit aller Anstrengungen.

Alle sind sie da, die unseligen Kinder des Satans: Menschen von jedem Alter, Männer und Jünglinge und Greise, alte Weiber und junge Mädchen, keiner fehlt in dieser schauerlichen Verzweiflungsmesse.

Da ist die stumpfsinnige Prostituirte von der Straße, die in der Gewohnheit des Schmutzes das Empfinden des Ekels verloren hat und nun mit verthiertem, glotzendem Auge, mit dummem, frechem Munde den Satan anstarrt. Da ist die Ehebrecherin, die „zuerst von der Ehe gebrochen wurde, bevor sie die Ehe brach", wie Nietzsche sagt. Da ist ein alter Wüstling, um dessen Hals sich ein Weib klammert und ihn gewaltsam hinabzerrt. Ein Geschwisterpaar, das in Blutschande lebt, die Kupplerin, die ihre Tochter auf dem Fleischmarkte verkaufte, die Giftmischerin und die Gattenmörderin. — Alle, Alle, die auf dem Altar der Unzucht, der Wollust und des Verbrechens opfern.

Ein gichtischer Krüppling, der seine physische Rache in der Qual gefolterter Thiere erstickte, der Börsen-

jobber, der von dem Schweiß und Blut tausend
ruinirter Existenzen lebt, der Filou von einem Pferde-
dieb — dann ein Märtyrer der Liebe, dem das Gift
das Rückenmark zerfraß: Alle, Alle sind sie da, der
Schurke und der Weltverbesserer, ein Spinoza und ein
Ravachol, der Arbeiter und der Priester, die Hure und
das Weib, das durch die Liebe zu Grunde geht.

Und aus dem Chaos dieser Satansbrut will ich
nur noch ein paar Menschen herausgreifen.

Tief unten der Oberkörper eines Weibes. Sie ist
ruhig mit der gespanntesten, fast ekstatischen Ruhe.
Es ist die Hexe, die nur einen Gott kennt, den Satan,
eine Palladistin, die nie an einen anderen Gott geglaubt
hat. Das ist die Hexe, von der eine alte Chronik
erzählt, daß sie gerettet werden konnte, wenn sie sich
einem Henkersknechte hingegeben hätte. Mit Ent-
rüstung stieß sie ihn zurück: sie, die den Hinteren des
Satans, des Vaters der Armen und der Unglücklichen
geküßt hatte, sollte sich dem Knecht der Reichen, einem
elenden Knechte der staatlichen Ordnung, der staatlichen Gesetze, hingeben?! Niemals! Es ist Größe
darin, auch ein „Pathos der Distanz" . . .

Unbekümmert um das Gedränge der Verbrecher-
massen, schaut ein alter Greis auf das Gewühl hinab
mit einer ernsten, fast neugierigen Ruhe. Das ist der
Vater der Wissenschaft, ein Cornelius Agrippa, der
alle Verbrechen kennt, der selbst die tiefste Sympathie
mit denen hat, die in irgend Etwas das Tageslicht
scheuen müssen. Ein Agrippa, der Alles weiß und
der sein Lebenswerk damit beendete, daß er es mit

einer blutigen Satire auf alles Wissen zu Nichte
machte, einer Satire, gegen die sich die spaßigen Werke
eines Heine oder Voltaire als Cirkusscherze ausnehmen.
Das ist der Geist, der keine Gesetze, keine Heimath und
keine Mitmenschen anerkennt, der Geist von dem Geiste
eines Lucifer, der Erreger der Revolutionen, der Vater
des Anarchismus, der die Gottesherrschaft im Himmel
der Herrschaft des Satan auf Erden vorzieht.

Und endlich der willenlose Knecht des Satan.
Hoch aufgereckt, in strammer Dienstbotenstellung steht
er da, den Blick unterthänigst auf Satans Gesicht ge-
heftet, der unbekümmert, taub gegen Demuth und
Kriecherei, in der gewaltigen Macht des Herrschers
vor sich hin starrt. Dieser Mensch da, das ist die
stupide Loyalität der Streber, die kriechende Gedanken-
losigkeit des Pöbels, der auf den gnädigen Wink des
Königs seine Propheten abschlachtet, der würdelose
Gehorsam und die Staubleckerei der Dienenden und
Leibeigenen, die ihren Gebietern selbst für Prügel
dankbar sind. Dieser Mann da, das ist das mächtige
Symbol „Meines" Volkes, des guten Volkes, das
alle Plagen ruhig und in Demuth erträgt, weil sie
von Gott kommen, der guten Bürger, die nach der
Weisung ihrer Höhenwandler die Ruhe als die erste
Pflicht hochhalten, — das Symbol der Fäulniß,
das sociale Symbol derer, die für die bestehende
„Ordnung" kämpfen gegen die Aufrührer, die nicht
würdig sind, zu „Meinem" Volke zu gehören.

Selbst der Satan hat seine Lakaien, die er verachtet, die er aber nöthig hat: Seine Brut, das ist der

ewige Aufruhr und die Anarchie, die Verachtung der
Gesetze und jeder Autorität.

Einmal werden sich die Qualen erschöpfen und
Satan wird seine Herrschaft bedroht sehen, aber der
Judas da ist erfinderisch, neue Qualen wird er säen,
neues verbrecherisches. Gift wird er der Menschheit
einimpfen, der Satan wird mächtiger werden als je,
er wird den Ufurpator, den alten Jehovah stürzen
und in neuer Macht wird er auferstehen als der
alleinige Beherrscher des Himmels und der Erde, er
wird die Prophezeiungen der Kirche in Erfüllung
bringen als der Paraklet des dreieinigen Satans:
als Antichrift.

V.

Und wieder einmal spricht und schreibt man viel,
sehr viel von einer „neuen Kunst". Jedes Jahr bringt
uns eine „neue", noch nie dagewesene Richtung, und
jedes fünfte Jahr constatiren die Kritiker, daß nun
endgültig ein neuer Kunstfrühling aufgegangen sei.

Und worin besteht der „neue", der jetzige Kunst=
frühling?

In der Literatur: eine erschütternde Equilibriftik
der Worte, die ein paar regelmäßig wiederkehrende
Stimmungen einkleiden. Für die Stimmungen der
neuen Kunst läßt sich unschwer ein Schema aufstellen,
das man bei jedem dieser „neuen" Dichter wiederfindet.

Diese Dichter kennen nämlich keine Sonne und
keine Nacht, sie sitzen träumend in einem dämmrigen,

weichen Zwielicht, umflossen von einer Sehnsucht, die
verklingt, von einem Schmerz, der leise verglimmt.
Sie sprechen nie, sie flüstern; sie flüstern auch selten,
sie träumen nur und schauen in die Geheimnisse
schlafender Jungfrauenaugen. Sie gehen auch nie,
sie wiegen sich nur, oder sie gleiten auf blauen Nebeln
über zartgrünen Wiesen. Für den Menschen haben sie
kein Interesse, denn „das verfeinerte Getriebe" ihrer
Phantasie verträgt nicht „das Todesröcheln und das
Triumphgeschrei des Lebens". Sie hassen den Schmerz,
denn der Schmerz zerstört und entstellt die Form, und
sie wollen das Leben wiederschaffen, das „immer
schöne, harmonische Leben", denn „das Leben ist
schön, da es göttlich ist".

Das Leben, das schön und harmonisch ist —
könnte ein zufriedener Schlächtermeister, der sich am
frühen Abend neben seiner Gemahlin niederstreckt,
schöner und eindringlicher das göttliche Leben preisen?

In der Malerei herrscht die Tapete, das Placat,
im besten Falle das Gobelin vor. Auch hier erschöpfen sich die „neuen" Künstler in den Com-
binationen von Farben und Formen, die neuerdings
mit Vorliebe den Japanern erborgt werden. Auch
hier dasselbe Sujet. Stille Jungfrauen, die auf paradiesischen Wiesen gleiten, zarte Jünglinge, die die
Schalmei blasen, und dann wieder keusche Jungfrauen,
die sich über weißen Lilien bücken und zarte Jünglinge,
die in keuscher Eintracht mit zarten Jungfrauen einen
paradiesischen Reigen aufführen.

Alles ist still und weich und zart und keusch.

Unſchuld und Keuſchheit, zartes Sehnen und ſüßes Hoffen — hat nicht ſchon Schiller etwas Aehnliches beſungen?

Sie nennen das: „geiſtige Kunſt".

Nun! dieſe Kunſt iſt erbärmlich armſelig. Sie giebt einen winzigen Ausſchnitt des Lebens, des Lebens in einer Reconvalescentenſtube, blaſirt, weiſe bis zur greiſen Leidenſchaftsloſigkeit, oh! ſo entſetzlich weiſe.

Im Grunde ſind dieſe Künſtler nur die ſchwachbrüſtigen, aſthmatiſchen Erben des Rieſen unter den Plebejern, die Erben eines Zola. Nur während Zola das ganze Leben mit ſeinen ſchwieligen, ſchweißigen Händen umfaßt, haben ſeine Jünger mit zarten Händchen daran getippt und verkrochen ſich in das Parfüm ihrer Salons. Sie alle ſind die Ueberläufer aus dem „ſtinkenden" Lager des Arbeitsrieſen, angefangen von Bourget, der ſich nun ganz und gar in die Weiberröcke verkrochen hat, bis hinauf zu der übermüdeten Generation, deren überfeines Phantaſiegetriebe ſich in ſterilen, empfindungsloſen Verskünſteleien erſchöpft.

Ihre Kunſt iſt eine beſchreibende Kunſt par excellence, aber wo Zola ungefüge Steinmaſſen aufeinanderthürmt, tragen ſie mit Mühe und großen Umſtänden ſeine Empfindungs und Anſchauungsmolekülchen zuſammen, wo Zola, ſeinen Doctrinen untreu, mit rieſigen Bildern arbeitet und das Ding zu Zeiten zu einem wirklich mächtigen Symbol erhebt, ſuchen ſeine Epigonen Stimmung zu machen mit Bildern, die ewig wiederkehren, ſo daß man leicht ein Wörter buch von diesen Bildchen zusammenstellen könnte: weiße Schwäne, die auf schlafenden Canälen gleiten, schwarze Vögel, die über violetten Meeren schweben, weiße Lilien, die sich um schimmernde Altäre wiegen. Nur in der Plastik scheint man noch nicht zu einer „neuen" Kunst gekommen zu sein. Der Bildhauer zeichnete sich von jeher, bis auf geringe Ausnahmen, durch einen übertriebenen Mangel an Phantasie aus. Er war von jeher sehr genügsam. Ihm genügte eine Aktstudie, der er nach den mannigfachsten Richtungen hin die Glieder verrenkte, irgend einen Gegenstand in die Hand steckte, zuweilen auch zwei Akte zu einem harmonischen „Ganzen" copulirte und das Ganze dann entsprechend etiquettirte.

Mit dieser „geistigen Kunst" hat Vigelands Kunst nichts gemein. Sie ist weder die alte noch die neue, sie ist einfach das Leben, die machtvolle Leidenschaft, der Ueberschwang und die Tiefe, weil sie eine Offenbarung der Seele ist.

Nie noch war die Seele zart, keusch oder träumend, denn sie ist der Ausbruch vulkanischer Kräfte, Jakobs ewiges Ringen mit dem Engel; die Seele, das ist die geballte Faust, die sich gegen den Himmel streckt und seine Thore zersprengt —, das ist der Schrei, der die ganze Natur durcheinanderwühlt, der dröhnende Schmerz eines verreckenden Bergriesen, der die Sonne herunterholen wollte und von ihr getödtet wird.

Schwer und unwegsam ist der Weg der Seele und immer seltner werden in dem bornirten Jahrhundert der Elektricität und der Börse, des Getreide-

wuchers und der Lehre von dem glücklichen und harmonischen Dasein die Menschen, die ihn betreten. Aber
grade diese Menschen sind der Aufschwung und die
Himmelfahrt des Menschengeschlechtes; für unsre Zeit
sind sie das, was der Magier für das Mittelalter war.

Der mittelalterische Künstler war geehrt und ver-
standen, nur der Magier war der Verachtete, der Unverstandene, der Paria, der Verfolgte.

Und der Magier, der große Philosoph und der
maßlose Phantast, der grübelnde Gelehrte und der
übermächtige Dichter in einer Person, ein Raymond
Lulle, ein Jean Dee, ein Paracelsus, das ist der
eigentliche Urahne derer, die auf den Wegen der Seele
in unsrer Zeit wandeln.

Der Magier war der Kosmopolit des Geistes,
ein trotziger Anarchist, der keine „Nation" und keine
„Menschheit" kannte. Er hütete ängstlich seine heiligen
Geheimnisse und ein Alexander Sethon war selbst durch
die grausamsten Foltern nicht zu bewegen, dem Elector
von Sachsen, Christian II., den Stein der Weisen
preiszugeben. Es waren nur Wenige, sehr Wenige,
denen ein Magier seine Arcana verrieth.

Und gleicht nicht darin der moderne Magier[1]
seinen mittelalterlichen Brüdern?

---

[1] Man denke nur um Gotteswillen dabei nicht an den
lächerlichen Clown der Mystik, Sar Mérodack Joséphin Peladan.
Er hat übrigens das unglaublich genügsame Motto für die
„neuen" Parnassiens, die „geistigen Künstler" geschrieben:
„Lorsque ta main écrit une ligne parfaite, les chérubins eux-
mêmes, descendent s'y complaire comme dans un miroir". Une

Auch er ist der Heimathlose, der Unverstandene und seine heiligen Geheimnisse erschließen sich nur Wenigen, den Viel-zu-Wenigen.

In einer Zeit, wo man nach nationalen Dichtern und nationaler Kunst schreit, wo das Capital die Nationen immer mehr gegen einander abschließt und der Socialismus sie zu einer imaginären Menschheit verflachen will, ist Er der Einzige, der außerhalb steht, der nicht Adam, den Vater der Herde, sondern „Samyasa", den Vater des Einzigen, als seinen Urahn verehrt.

Und seine Kunst, das ist nicht die Kunst des Massengehirnes für das „Volk", nicht die Kunst der schwächlichen, blasirten Nerven für schwächliche Hospitanten parfümirter Cabinette, sondern die ewig alte, ewig neue Kunst des Einzigen für den Einzigen.

Kongsvinger (Norwegen).

November 1895.

---

ligne parfaite — ist das nicht genug, um ein staunendes Ecce poëta! der bewundernden Schaar zu entlocken? He, he . . . Man lese, was der heilige Magier, ein Zarathustra, über den „letzten" Menschen sagt, um diese Phrase in ihrer braven Genügsamkeit voll zu würdigen.